KB269822

창문

창문

푸른 도화지에 하얀 꽃 그리며

노홍균 시집

좋은땅

시인의 말

혼잣말들은 수증기처럼 흔적도 없이 흩어지는 것이
자연의 이치임에도 무슨 미련이 남아서인지 쉽게 떠나지
못하는 몇몇 아이들이 있어서 이곳에 소박한 집 한 칸
지었다.

여기에 남으려는 연유를 다정히 살피고 몸에 꼭 맞는
옷도 지어 주려고 애는 썼으나 지적인 자원도 사유의
힘도 넉넉지 못했다.

그럼에도 이 집이,
저와 여러분의 혼잣말과 따뜻한 차 한잔 나누는 마음의
공간이 되었으면 한다.

노홍균

차례

제3부

제4부

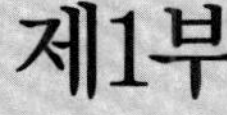

제1부

창문

창문이 필요해서
집을 짓는다.

너무 크게 내면 안이 훤히 보이고
너무 작게 내면 밖이 잘 보이지 않을 것 같아
공사가 더디다.

계절마다 피고 지는 꽃들,
멀리 떠가는 여러 모양의 구름 떼,
익숙하거나 낯선 사람들.

비바람 부는 날에도
한 장 일기장에 담을 만큼의 풍경이 필요해서
창문을 내고 있다.

세잎클로버

길을 걷다가
푸른 숨결에 멈춰 섰다.
클로버 밭이었다.

나무 동산 빈터에
가난함도 부유함도 없이
푸른 행복이 펼쳐져 있다.

마음 한 곳
네잎클로버를 바랐지만,

믿음,
소망,
사랑,
세잎클로버들만 바람에 물결친다.

붉은 산

푸른 산은
붉은 산을 품고 있다.

어린나무들은 목숨 다하여
돌부리를 헤집고 다닌다.
꽃과 새들은 간곡한 엄마의 당부어
예뻐져야만 했다.

산은 그렇게
뜨거운 피가 흐른다.

아픔이 아픔에게,
상처가 상처에게 건네는
위로의 인사 걷어내고 나면
산은 붉다.

어떤 오후

아침이 되면 산으로 갈까.
기차를 타고 바다로 떠날까.
설레는 가슴 안고 잠들었는데
새벽부터 들려오는 빗소리에
도지는 게으름.

낮잠에서 깨어 창문을 열어 보니
비구름은 간데없고 눈부시게 쏟아지는 햇살
옥수수밭에 뒹구는 산들바람은 또 뭐람.

한 공간도 제함 없이 끌고 가는
무심한 시곗바늘.
노을에 물드는 국도 위로
줄지어 돌아오는 자동차들.

빗소리도 벗겨내고 바람 소리도 이기고야 마는
치열한 매미들의 합창
대열에서 멀어져 있는
외진 찻집 같은, 오후의 그림자.

개망초

1
선 채로 고부라진 채로
목숨 부지할 수만 있다면
척박한 귀퉁이 땅이라도
망할 놈의 잡초라 누가 그래도

백치 같은 미소로
나도 하나님의 것

2
화분은 언감생심
사람의 발길 닿지 않는 삶의 사각에서
푸른 도화지에 하얀 꽃 그리며,
누구의 눈동자도 찌름 없이
있어도 그만, 없어도 그만이게

개망초로 살아가는 너는
누가 뭐래도 꽃이다.

다알리아 화분

삼 일째 흐린 하늘
잿빛 구름 사이로 봄 햇살이 내린다.

자동차 정비소에 갔다가
바로 옆 화원에서 사 온
다알리아 화분이 생각났다.

아파트 베란다 방충망과 이중창 사이에
조심스레 내놓으니
목마른 사슴이 시냇물을 마시듯
허겁지겁 햇살을 마신다.

한참이 지난 후에야 허기를 채웠는지
몸을 멈추고 먼 산을 바라본다.
문득 그의 심장이 기억하는 땅
아즈텍을 떠올린 것이다.

다알리아는 정말 먼 곳에서
나에게로 왔다.

산길

조용히 바라보면
눈에 꼭 맞는 색깔들.
가만히 들어보면
귀에 꼭 맞는 소리들.

해 뜨는 아침이면
나뭇잎들이 영롱하고
해 지는 저녁이면
잠자는 호수처럼 잠잠해.

산길은 산 그림자보다 몇 곱절은 더 길어도
돌아가는 길이 멀어질까 봐
조금씩만 열어 준다.

산길을 걸으며
'너는 내게 꼭 맞는 친구야,
나도 너에게 꼭 맞는 친구이고 싶어'
가만가만 말을 붙인다.

큰 산

창문

왜 하필 거기 서서
우리를 갈라놓느냐고
옆으로 좀 비켜 달라고
떼쓰는 놈 없다.

바람도 구름도 강물도
그 산 돌아서 가고,

새도, 나무도
사람도 그 산 기대어 살 뿐.

중독

고뇌의 조각들이 어두운 동굴 속 어금니에서
잘게잘게 부서지다가
미끄러운 낭떠러지로 꿀꺽 삼켜지는
소리에 귀를 기울이다가
자꾸 기울이다가 중독이 되었다.

어느새 너의 미소에도
너의 옷깃에도
그 소리 향기로 맺혔는지
스치는 바람에도 네가 그려진다.

내 안의 강물

둥글고 긴 여정
시곗바늘처럼
살아 돌아온 강물아.

너, 지금껏 강으로만 흐르지 않았더라.
흐르지 않은 곳이 없더라.

저 하늘 구름 속에서
널 보았다 하는 이도 있고,
해 저문 어느 간이역 플랫폼에서
널 만났다 하는 이도 있더라.

함께한 시간보다
그리움의 날들이 더 많아
또렷하게 희미해지는
수첩 속 전화번호들.

못 견디게 생각나고,
보고도 싶으련만

잠시의 머뭇거림도 없이
또 가야 함.

한순간도 거부치 아니함.
그것이 참으로 숭고하구나.

강물아,
내 안의 강물아.

악보

햇빛 쏟아지는 날은 매미 소리로
비가 오는 날은 젖은 풀잎이 되어

힘들면 쉬어 가라고 쉼표,
힘들어도 버텨야 한다고 이음줄.

말을 해야 아나요,
— 날숨과 들숨.

밤하늘 음표 같은 별들이여.
밤을 새워 노래하는 하얀 파도여.

기도

사랑은 약하지만
하나님이 지지함으로 강한 것이다.

사랑은 색깔도 냄새도 없지만
하나님이 지지함으로 아름답고 향기로운 것이다.

너에게 보내는 짧은 문장도,
너를 위해 드리는 짧은 기도도,

하나님이 지지하는 것들 중 하나이기를.

비의 소곡

1

빗줄기는 엄마처럼 어린 나를 씻어 주네
굳어진 때 벗겨 낼 땐
너무 아파 울기도 했지

음악을 끄고
빗소리 오래 듣고 있노라니
유리창에 부서지는 크고 작은 빗방울들

그게 아픔이지만
내일 비 그치면 내 마음도 풀잎처럼 환해질 거야

2

비 내리면 비에 젖는 무엇이든
소리 내지 않는 것 없네
소리 내지 않고는 못 견디나 보네

비 그친 뒤 빗줄기 타고 온 그리운 얼굴들
처마 아래 작은 웅덩이에

방울, 방울 떠오르네

잠시 맴돌다 떠내려가네
가는 뒷모습이 싫었는지 이내 터져 버리네

민들레꽃

돌밭에 있어도 예쁘다.
풀밭에 있어도 예쁘다.

가혹한 겨울 온몸으로 견디고도 웃고만 있는
내가 사랑하는 여인 같은 꽃.

풍경 속 자전거

호수에서 카페로 이어지는 경사로에
낡은 자전거 하나 서 있다.

한때는 뒷자리에 배낭을 묶고
국토종주까지는 아니라도
섬진강 자전거길 정도는 시원하게 달렸겠지.

안장에는 마른 꽃바구니가 올려져 있고
허공에 떠 있는 앙상한 두 바퀴는
누가 손으로 건드려 줄 때만 가끔씩 돈다.

카페에 앉아 차를 마시는 동안
낡은 자전거를 유심히 보게 된다.

이러다 집에 가 잠이 들면
저 자전거 타고, 호수 위를 달리거나
하늘을 나는 어린 왕자가 될 수도 있겠다는 생각도 든다.

어쩌면 그러라고 거기 세워 두었나 싶다.

사월의 꽃들

창문

때 묻은 세상일지라도
흰 눈처럼 살겠노라.
피 흘리며 쓰러질지라도
가시밭길 십자가로 피겠노라,
다짐하는 꽃들.

하얀 꽃이여,
너의 삶은 하얀 열매가 되거라.
붉은 꽃이여,
너의 향기는 붉은 사랑이 되거라.
축복하는 사월.

복숭아

검지로 허공에다 복숭아라 쓰고
그 위에 원을 그린다.

정오의 햇살 한 줌,
깊은 땅속에서 길어 올린 물 한 두레박 붓고
한, 사십 일쯤 재어 두면

딱딱한 시절을 지나
물렁해진 나이에
그녀의 속살 같은 꿀 복숭아가 되는 거야.

검지로 허공에다 소원을 쓰고
그 위에 원을 그린 다음,
사십일 밤낮 금식하며 기다리면
소원이 이루어진다지.

믿기지 않으면 따라 해 봐.
꿀 복숭아 같은 기적이
일어날지도 몰라.

떠나기 좋은 계절

흘러간 빗물만큼 울음을 채우려는 건가
소낙비가 남긴 상처를 싸매듯 매미가 운다

배롱나무 가지마다 붉은 꽃 피면
가을도 오기 전 마음 둘 곳 없어

오랜 그리움이나 꺼내 볼까 찾아온 바닷가
그 길 끝나는 무렵은 언제나 석양

세상은 그다지 친절하지도 아름답지도 않지만
여름은 돌아오기 위해 떠나기 좋은 계절

제2부

굽어 가는 길

곧장 가는 길보다
굽어 가는 길이 아름다운 것은
굽어 가는 동안
가려짐의 그늘에서 더 많은 사람과 언덕과
이야기를 주고받을 수 있기 때문이다.

곧장 가는 강보다
휘어가는 강이 아름다운 것은
휘어가는 동안
둥근 모래톱에 주인 모를 조각배 하나 걸어 놓고
한참을 기다려 주기 때문이다.

곧장 가는 길보다
굽어 가는 길이 아름다운 것은
돌아가는 동안
계절마다 피고 지는 꽃잎의 노래를
온몸으로 들을 수 있기 때문이다.

옥수수밭

창문

옥수수밭에
옥수수알들이 안겨 있다.

지금쯤 저 아이들 천둥 치고 소낙비 내리면
깜짝깜짝 놀랄 줄도 알고
눈이 휘둥그레질 줄도 알겠지.

껍질 밖의 소리와 풍경들이
참 많이도 궁금할 테지만

이 거친 장맛비 지나갈 동안만은
깊이 잠들어 있으렴.

느티나무

느티나무 잎들이
바람을 좇으려다 이내 마음을 접는다.

하루에도 수만 번,
쏴르르, 쏴르르~
불어오는 바람만큼이나
다독임도 필요했겠다.

느티나무로 사는 동안은
스스로가 바람이고
스스로가 먼 곳이다.

그리하여 그늘이 되어 준다.

블랙커피

블랙커피 잔에 코끝을 대어 보면
이산화탄소에 질식되는 생물처럼
고요 속으로 걸어가는 생명들이 있다.

아무것도 첨가되지 않은 향기
그런데도 무시무시하게 거대한 삶이
입천장에 매달린 무거운 생활이
그 잔 속으로 힘없이 고꾸라지는 것이다.

아니, 그렇게 되기를 바라는
유희의 본능 앞에 춤추는 나방 같은 사람들
그 밖의 존재들.

블랙커피 잔으로 내미는 밤을
거부할 수 있는 자는 아무도 없다.
한 모금 마실수록 깊이 빠져드는 몽롱함

날갯짓이 힘겹다.
그것은 오히려 날지 말아야 할 때

날지 않는 행복감이다.
세상이 만약 하나라면 슬픈 일이지만
또 다른 세상이 있기에 육신의 날개로
블랙커피 한 잔 더 마시련다.

해변

서로의 만남이 설레었지만
사람은 바다에게
바다는 사람에게
어디까지 가야 하는지를 알고 있는 듯
서로의 손짓에 웃고만 있네.

침묵의 언어는 모래알이 되고 바람이 되고
지치도록 푸른 파도만 서로의 가슴에 남겨지리.

만남이 그러하였듯
이별도 그러하리라.

그리움의 마지막 단계

나를 비춰 주지 않아도 좋다.
네가 거기 있다는 것을 알 수 있도록
깜빡여만 다오.

머언, 등댓불처럼.

사랑이라는 이름으로

한 방울 흘린 것이 슬픔이라도
사랑의 이름으로라면
그보다 고귀한 것은 없습니다.

강물에 힘없이 떠내려가는 것이 꽃잎이라도
미소 지으며 바라볼 수 있는 것은
그 사랑의 흔적만으로도 한 생 거뜬히 살 수 있노라
물음 없이도 답할 수 있기 때문입니다.

한 방울 흘린 것이 아픔이라도
사랑의 이름으로라면 그보다 아름다움은 없습니다.

어두울수록 환해지는 것이 별인 것처럼
사랑은 고통 속에서 빛이 나는 것

살면서, 그리움 때문에 목메어 오면
거울 속에 내 모습 보이지 않을 때까지
사랑이라는 이름으로 환히 미소 지으렵니다.

골목에 핀 꽃

저녁 마실 길에 마주한
이름 모를 꽃 한 송이.

어느 날, 씨앗 하나 바람에 실려 와
하필 골목길 바닥 틈새에 앉았으리.

물 한 방울, 흙 한 줌도 없는 동트에서
누구의 돌봄도 없이 얼마나 힘들었을까.

거기 골목에 기대 사는 사람들도
그 여린 풀꽃의 역경이 눈에 밟혀
함부로 뽑지도, 꺾지도 않았으리.

그렇게 꺾이지 않은 집념과
꺾지 않은 따뜻한 마음들이
저 꽃을 피운 것이다.

기차를 타고 가네

차창에 스쳐 지나가는 산과 강.
살아 있음이 성스러운 촌락들.
나를 향해 손 흔드는 나뭇잎들.

내가 탄 기차는
차창 밖 풍경을 뒤로하고
다음 정차역을 향하여 사납게 달려가네.

기차가 달리는 동안은
나도 분명 기차이련만

지나온 날들은 그림자 되어 곁에 와있고
뒤에 두어야 할 것들이
자꾸만, 앞세워지네.

관광버스

승용차의 눈높이로만 보아왔던
일상 같은 풍경들.

어느 날, 키 큰 관광버스에 올라 보니
한결 넓어진 벌판,
논에서 논으로, 산에서 마을로 이어지는 좁은 길들.
그 길을 따라 흐르는 실개천,
마을회관 지붕 위의 태양광 패널과 안테나까지.

그렇게 여정의 시작부터
낯섦을 주는 관광버스가
더 낯선 세계를 향해 고속도로에 오르자

등에 지고, 머리에 인 삶의 무게
잠시 내려놓는 일조차 어색했던지
간밤의 수면 부족을 핑계 삼아
여기저기 커튼을 치고 눈을 감는 일행들.

호박꽃

동그랗고 탐스러운 호박의 명성에 가리어 사는 것을
지상 최대의 낙으로 아는 호박꽃이 있어서 세상은 아름답다.

호박꽃도 꽃이냐.
호박꽃이 꽃이다.

호박꽃

비행기 고개

임실에서 장수 넘어가는 비행기 고개에서
아득히 먼 마을 내려다보니
마치 비행기 안에서
세상을 굽어보는 기분.

쉬어 가는 바람아,
순진하고 물정 없는 나,
비행기 태우지 말거라.

화가 친구

내 화가 친구는
미소도 그림이고
그늘도 그림이다.

섬에서 태어난 연유인지
숲을 그려도 섬이 보이고,
강을 그려도 섬이 보인다.

내 화가 친구 가슴에는
파도가 칠 때마다
둥글게 안아 주는 섬 하나가 산다.

구두

고흐라는 사람의 눈에 비친
낮은 곳의 치열한 침묵.

형언할 수 없는 굉음과
육으로는 다 못 듣는 바람의 사연들,
끝내 멀어버린 눈빛.

아침마다 걸어 나가는
채워진 밤의 고독.

그 숱한 날들
짝사랑하다 가야 할.

쓴 잔

너희가 나를
멸시하고 천대하여도 좋다.
너희를 살릴 수만 있다면
나 기꺼이 십자가에 달려
죽음의 쓴 잔 마시리라.

너희는 기억하느냐.
에덴의 선악과를
지금 너희 앞에 놓인 죄악처럼
그렇게 보암직도 먹음직도 하였단다.

이제 그만,
무거운 짐, 욕심 다 내려놓고
내가 준 사랑을 너희들도 나누어라.
사랑하다 생긴 병은 내가 다 짊어지마.

어둠이 걷히고 나면

이 어둠 걷히고 나면
무슨 꽃이 되어 있을까.
어떤 색깔을 품고 어느 곳에 서 있을까.

이 어둠, 안개처럼 걷히고 나면
누구를 향하여
기우뚱 피어 있을까.

걸음 멈춘 코스모스 붉은 꽃일까.
달빛 물든 달맞이 하얀 꽃일까.

이 짙은 어둠, 안개처럼 걷히고 나면
외진 길가, 이름 없는 꽃일지라도
꽃으로 서 있어야지.

이끼 나무

생김새가 나무라서
사는 곳이 나무라서
사람들은 나더러 '나무 이끼'라 하네요.

오늘도 깊은 밤,
나무에 앉아 아니라고 외쳐 보지만
사람들은 나더러 '나무 이끼'라 하네요.

내 하늘에도 해가 뜨고 달이 지는데
내 가슴에도 강이 흐르고 산이 높은데
내 얘기 들리면 꼭 좀 전해 주세요.

내 이름은 나무 되려는 '나무 이끼'가 아니라
처음부터 나무인 '이끼 나무'라고요.

내 이름

병원 진료 대기자 명단에
내 이름이 적혀 있다.

아버지께서 지어 주신
익숙하고도 낯선 세 글자.

좋은 날보다
슬프고 아린 날이 더 많았을 내 삶에서
단 한 번도
내 뒤에 숨지도, 떠나지도 않은 이름.

내가 나에게, 그 이름 불러 주지 않아
외로웠겠다.

하나님도 필요할 때 부르실 이름.
가끔은 불러 주고, 닦아 줘야지.

돌아갈 사람이라면
- 설악산

산과 산 사이 천불동 계곡에
마음을 두지 마라.
꿈쩍도 아니 할, 대답조차 아니 할
대청봉 바위산에 마음을 두지 마라.

정녕 주려거든 돌아서면 잊히도록
옥녀탕 수면 위에 잔물결만 일도록
작은 돌멩이만큼만 주라,
돌아갈 사람이라면.

설악산에 오르면
하루가 천년 같고 천년이 하루 같아
자칫 세월마저 놓치기 쉬우리니
오르려거든
가슴 속에 미련 하나쯤 품고 갈 것.
돌아가야 할 사람이라면.

비룡폭포 맑고 찬 물에는 손과 발만 씻을 것.
마음은 닦지 마라,

옛적, 물치골 지나 목우재 넘던 심마니처럼.

결국 사람의 마을로
돌아갈 사람이라면.

마이너로 흐르는 밤

침상 옆에 세워 둔 기타 줄에
달빛 내려앉아 마이너를 연주한다.

소란했던 C, G, E, F 코드
낮의 메이저들이 겉옷을 벗고 마이너를 입는다.

시계 소리도, 바람 소리도 따라 입는다.
마이너 선율을 따라 걷다 보면
거기 따뜻한 강물이 흐른다.

강물에 발을 담그면 얼마나 살갑고 부드러운지
밤의 마이너는 고된 하루를 사르르 녹게도 하고
내일의 밑그림을 또렷이 보여 주기도 한다.

마이너 선율이 어둠을 부르면 부를수록
거기서 피어나는 꽃잎은 더 붉고 향기로우리.

제3부

사랑이 꽃이라면

사랑이 꽃이라면
어디 한 철이나 버텨 내겠습니까.

사랑이 잎이라 해도
몇 철이나 견뎌 내겠습니까.

우리 사랑만큼은 꽃도 잎도 아닌
나무였으면 좋겠습니다.

손에 쥔 것 꽃잎처럼 떨어지고
젊은 가슴 낙엽처럼 시들지라도

아침이 오면 새들과 인사 나누고
저녁이 되면 감사기도 드리는,

몸도 마음도 나무였으면 좋겠습니다.

해바라기

해는 아침을 위해 뜨는 줄 알았다.
해는 하루를 위해 뜨는 것이었다.

해는 저녁을 위해 지는 줄 알았다.
해는 내일을 위해 지는 것이었다.

해는 뜨는 것도
지는 것도 아니었다.
내가 뜨고 질 뿐이었다.

도시의 섬

우리 할아버지 계셨다면
그냥 놔두지 않았다.

어두컴컴한 미명 헛기침 소리 내며
돌멩이 고르고 쓱쓱 삽질해서
푸성귀 몇 줄이라도 심었을 것이다.

이리 제이고, 저리 제이다 내버려진
도시의 조각 땅.
쓰레기 더미에 짓눌려
가슴이 답답하다.

바다 한가운데 섬이라면
고독도 당연하련만.

뒷동산

뒷동산에 오르면 별이 가깝고,
오래된 무덤가는
우리들의 약속 장소.

다쳤을 땐 다친 것을,
아플 때는 아픈 것을
등 뒤로 던지면 던질 때마다
말없이 받아 주던
밑 빠진 독

내 등 뒤에는 언제나
고향의 뒷동산이 산다.

향수

바람처럼 떠돌다
고향 잊은 지 오래,

오늘은 이 숲에 머물러
고향 향기에 취하고 싶다.

이 산이 내 놀던 그 산이던가.
이 내가 내 놀던 그 내이던가.

굽이마다 길목마다
고향은 날 부르고 있건만,
철없던 나의 날들은
낯선 길만 바라보다 길을 잃고 말았구나.

고향아, 나의 고향아.

너의 향기에 안도하고,
너의 숨결에 머무는 것은
아마도 내 삶에 위로가 필요했던 모양이구나.

돌멩이

가슴에 손 얹고
눈을 감으면 보인다.

날아오는 돌멩이에
박이 터지고, 뼈가 부서지고

길가에 돌멩이들은
나를 향해 장전된 총알들.

돌멩이

강아지풀

거기 패인 것이 꽃이 아니냐.

여태 나는 그것을 이삭이라 부른 적 없다.
여태 나는 그것을 꽃이라 부른 적도 없다

늙어 말라비틀어지는 순간까지
'나는 강아지'라고 외쳐대는
그 파렴치한 모성을 보고서야 알았다.

강아지풀도 꽃이라는 것을.

자갈밭

창문

강변에 돌이 되어
두려운 하늘 아래 머리를 숙이고
별꽃 무리 이슬로 맺히는
새벽이 올 때까지
한 줄 시를 위하여
얼마나 많은 이들이
얼마나 많은 사연들을 여기에 두고 갔을까.

강변은 온통 자갈밭
균형을 잡고 걸으려 해도
자꾸만 기우뚱거리는 것은
차이는 것이 글자이고,
밟히는 것이 시의 조각인 까닭.

빈 장독

장독대 맨 뒷줄에
묵묵히 서 있다.

누군가 열어 볼까 봐
마음 졸이며

누군가는 그럴 거다.
꽤나, 입 무거운 놈이라고.

돌팔매
– 호수

호수는 본래 고요하다.

누군가 돌을 던지지 않았더라면
밤새 잠잠했을 것이다.

호수는 돌에 맞을 때마다
속으로 멍이 드는 모양이다.
퍼런 물빛이 가엾다.

호수는 알고 있다.
돌에 맞아야 하는 죄인이 얼마나 많은지
돌 끝이 향하는 곳이 어디인지
누군가의 아픔을 대신 품어준다는 것이 얼마나 성스러운지

그래,
육신의 멍이야 남을 수도 있겠다.

빗속의 터미널

이별하는 터미널에 비마저 내리니
손 흔드는 모습들이 차창에 맺힌다.

수없이 겪어온 헤어짐이련만
이별은 이별할 때마다
새로운 아픔인가 보다.

가끔은 이별이 필요할지도 모르지
보냄 뒤에 스며드는 그리움,
그 그리움 안고 잠 못 이뤄보면
한 사람의 깊이를 알 수 있을 테니까.

비 내리는 터미널
빗소리는 그칠 줄 모르고
사람들은 삶이라는 나무에
기약이라는 우산을 걸어 두고

빗속으로,
빗속으로 걸어만 간다.

별이 좋지만, 별이 되는 건 싫다

창문

은빛 수놓은 밤하늘 별들이 좋다.
누구의 하늘에 아침을 펼칠까.
골몰하는 새벽하늘의 별들도
그러나 내가 별이 되는 건 싫다.
별이 별에게 한 발짝도 다가서지 못하는
형벌 같은 그 거리를 보았기 때문이다.

별처럼 존귀하지 않아도 좋다.
별처럼 찬란한 삶이 아닐지라도
사람에게, 기대어 있고픈 사람에게
한 발짝이라도 다가갈 수만 있다면
아픈 가슴이어도 내 하늘은 빛날 테니까.

사랑을 하면

사랑을 하면
보지 못한 세계를 볼 수 있지.
듣지 못한 노래를 들을 수 있지.

사랑을 하면
흔들리는 풀잎조차 너의 마음
저녁 강의 노을조차 나의 마음이지.

언제 저 나무들,
꽃잎 거두고 하늘빛 옷을 입었나.
언제 저 아이들,
울음 멈추고 환히 웃고 있었나.

사랑을 하면
나 하나 사랑을 하면
세상은 낙원이어라.
꿈꾸는 동산이어라.

안부

그대에게 안부를 묻는다.
보고 싶었다는 말은 그리웠다는 말은
그대에게 무엇이 될지도 몰라.

참고 참았다 핀 메꽃처럼
온몸을 열어
"잘 지내지"라고만.

별도 꽃처럼

별도 꽃처럼
씨앗이 있다는 말 들어 본 적 있니

너를 잠 못 들게 하는
짙은 그리움 하나 있다면
네 안에 별 씨 하나 심겨 있다는 거야

새벽이 되면 풀잎에 이슬 남기고
떠날 줄 알지만
별이 누구야
세월이 가면 잊힐 줄 알지만
별이 누구야

한때는,
한 사람 안에서 영롱한 별을 꿈꾸었을
저 이름 모를 수많은 별들을 좀 봐

별도 꽃처럼
그리움의 씨앗을 위해
밤마다 꽃이 되어 반짝이는 거야

시답지 않은 산책

교외 천변.
작년까지만 해도 코스모스 길이었는데
면사무소 노인 일자리 담당 직원이 바뀌었는지
올해는 금계국이다.

금계국도 예쁘다.
노란 꽃잎에서 포근한 향기가 난다.
길가의 매실나무, 감나무,
대파와 감자꽃도 정겹다.

꽃만 보면 배경 삼아 사진을 찍어 달라는 집사람.
내가 찍어 준 사진은 늘 불만이다.
나이 든 티가 싫어서라는 말은
죽어도 하지 않는다.

평일이라 그런지 길엔 우리뿐이다.
자동차도 사람도 없는 한적한 길을 걷다 보니
연애하던 시절이 떠오른다.

그때는 우리의 내일과 먼 미래에 대해

서로 묻지 않았다.
함께 있는 것만으로도 충분했다.

그랬던 우리가,

시선은 꽃에 있어도
입술은 서울에 사는 자식들의 내일과 미래,
그리고 오늘을 걱정하는 말을 나누며 걷고 있다.

삶의 시작

들려오는 소리로 길을 걷는다.
촉수를 세우고 온몸으로 들어 보면
가야 할 길이 어디인지 좀 더 자세히 알 수 있다.
삶의 시작은 소리에 있음이다.

갈등의 시작,
혼돈의 시작이 다 거기에서 비롯되는 까닭에
가끔은 문밖의 소리들이 싫어서
방음장치를 해 두기도 한다.

그렇다고 언제까지 그 문 닫아 둘 순 없는 일
늦은 밤 옆집 아이 울음소리
이른 새벽 골목길 구둣발 소리
살아 있음의 시작이다.
순환하는 생명의 몸짓이다.

잠시라도 소리를 듣지 않으면
어디 한구석 막히고 고장이 나고 말 것이다.
육신과 영혼의 문을 열고 들어 보자.
삶의 시작은 소리에 있음이다.

버려진 벽시계의 침묵

버려진 벽시계의 부러진 시침이
하늘을 가리키고 있다.
등짐이었던 시간의 떨쳐짐이
버림받은 아픔의 시간을 삼키는 중이다.

일생을 기대 살도록
납작하게 제작된 등짝이며
똑딱똑딱, 똑딱똑딱.
타인의 음성으로 불러야 했던 사분 박 노래까지
훌훌 벗어 던지는 해방의 순간이다.

이제 그에게 남은 것이 있다면
침묵하는 일이다.
오늘은 하늘을 향해서,
내일은 땅바닥을 향해서.

침묵에도 침묵다운 침묵이 있다.
시간으로부터 해방을 위해
목 터지게 봉기할 수만은 없는
버려진 벽시계의 침묵 같은.

오늘이 아름다웠다

지는 꽃이 있는가 하면
피는 꽃이 있어 주었고
가는 이가 있는가 하면
오는 이가 있어 주었다.

친구들과의 소소한 이야기들은
부담이 없어 좋았고
시집 속의 무거운 이야기들은
의미가 있어 좋았다.

오늘 못다 이룬 꿈들이
책가방 속에 숙제처럼 남겨져 있지만
그것은 아직도
사랑해야 할 일들이 남아 있다는 것

먼 하늘의 구름도
언젠가는 비가 되어 나를 적시듯
무엇하나, 누구 하나
나와 무관한 것은 없었다.

지는 해가 만들어 준 노을 속에서

오늘 하루를 되돌아보니
들의 꽃처럼, 숲의 나무들처럼
내 자리에 있을 수 있었다는 것
그보다 아름다운 것은 없었다.

오늘이 아름다웠다.

바닷가 벤치

무섭도록 시퍼런 바다를
홀로 바라본다는 것은
고역스러운 일이다.

등짝이 휘어지더라도
누구 하나 떠받치고 있는 편이 낫다.

살아가는 동안 짐이 없다는 건
세상으로부터 버림받았다는 것.

바다가 보이는 언덕
저 빈 벤치는
누군가를 기다리고 있는 것이 분명하다.

제4부

시월의 창가에서

노란색 국화는 밝고
자줏빛 국화는 깊다.

어떤 잎은 단풍의 여정도 없이 땅에 지고
어떤 잎은 주어진 빛깔로 물든다.

들판에 내리는 햇살은 달콤하게 스미고
가슴에 내리는 햇살은 화살처럼 박힌다.

끊어질 듯 끊어질 듯 이어지는
재즈가수의 촉촉한 쏘울이
창문과 찻잔 사이의 공간에 가득함에도
어느샌가 비집고 들어오는 가을바람.

바람이 일 때마다
창가에서 창공으로 솟구치는 붉은 잠자리.

가을 승강장

이번에 놓치면
다음번에 타면 되지.

기다림이 가벼워서 아프지 않고
인사가 없어도 무례치 않은
도시의 승객들처럼
낯설게 만나서 무정히 보내리.

이것이 내게 쓸쓸함 두고 간
가을에게 보내는 승강장의 응징이다.

파문

창밖에 바람이 일어
블랙커피 잔을 코끝에 대어 보니
하얗게 일렁이는 기억들.

한 모금 적시니 그날의 한 거리
한 모금 넘기니 그날의 한 파도
그렇게 방 안 가득
가을날의 파문이 일면

밤하늘 달님은
웃어도 지고 울어도 지네.

가을이 오면
잊으리라던 맹세
꼭 그 잔 속으로 지더라.

단풍잎

산길 걷다가
곱게 물든 단풍잎 한 장 주웠다.

사진첩에 끼워 두었다가
그리운 이 얼굴 삼아 보려고

돌아오는 길에
흐르는 계곡물에 내려놓았다.

겨울이 오면 눈이 있고
밤이 되면 별이 있어 줄 테니까.

낙엽

잎 진 오솔길을 걸어 봐요.
밟히는 낙엽은 통증이 없대요.
외려, 밟고 지나가는 이들이 아파한대요.
놓는 순간 다 잊는 거래요.

그래요,
사랑도 그랬으면 좋겠어요.
욕심도 그랬으면 좋겠어요.
밟고 지나가는 세월만 아파하고
밟히는 마음들은 낙엽 같았으면 싶어요.

잎 진 오솔길을 걸어 봐요.
노랗거나 붉은빛이 처음엔 슬퍼 보이나
조금 걷다 보면 한없이 평화로워요.
한때의 통증,
그것은 낙엽처럼 세월의 갈피 어디
무상(無想)을 향한 일부임을 알게 되지요.

차향

찻잔에 잠든
꽃향기 깨우니

뜨거웠던 지난날도
비통했던 결론들도
가녀린 김이 되어 흔들리다 흩어진다.

국화차 앞에 마주 앉은 둘은
엷은 미소를 지으며
식어버린 찻잔을 입에 대고
마음으로 고리를 건다.

문득은 쓸쓸하여도
끝내 외롭지는 말자고.

가을은 그런 때

아직은 설렘이어야 한다
아직은 그리움이어야 한다
그래도 꾹꾹 아물려 엽서 한 장에 남겨 두는 때
가을은 그런 때

아쉬움도 남았겠지
미련도 남았겠지
그래도 꾹꾹 아물려 기억 한편에 새겨 두는 때
가을은 그런 때

구름 한 조각, 바다 한 조각
낯설었던 거리 한 조각
저녁 강물에 씻어 한 톨 씨앗에 묻어 두는 때
가을은 그런 때

잎 지는 계절에

잎 지는 계절에
꽃 지는 계절에
감나무도 앙상한 밭모퉁이에
호박꽃이 피고 있다.

잎 지는 계절에는
꽃 지는 계절에는
지는 꽃보다 피는 꽃이
더 쓸쓸해 보여.

탱자의 안부

긴 가시들 사이로 열린 둥근 세상
가시에 찔릴 때면
어둠처럼 번지던 아픈 향기

학교 울타리에서도 밀리고
과수원 울타리에서도 밀려
통 보이지 않더니

깊은 산골 한적한 길섶에서
함박웃음 지으며 인사를 건넨다.

나야! 탱자

코트

가을이 시퍼렇게 살아 있음에도
입동이 왔으니 코트를 꺼낸다.

달력의 식민지에서
시침의 지시에 따라 사는 것에
익숙해진 탓이리라.

꽃 피는 시기가 계절이 아니라,
때인 것처럼
삶도 경계가 아니라 선상이어야 한다고
심장은 말하여도 코트를 입는다.

첫눈

기다림은 없었으나
기다린 것이다.

나무에 새싹이 돋고
낙엽으로 지는 동안
기다림은 묻고 산 것이다.

산 짐승의 빈궁과 추위가
사람의 마을까지 드리운 아침

그 따스한 마주침이
다시 이별일지라도

첫눈을 보고서야
첫눈을 기다린 것이다.

겨울 참새

고개 들어 하늘 한 번,
고개 숙여 부리질.
또 한걸음 옮겨 곁눈질,
고개 숙여 톡톡 부리질.

텅 빈 들판인데
아직 먹을 것이 남아 있나 보다.

얼어붙은 땅
잘 찾아보면
아직 먹을 것이 남아 있나 보다.

엄동설한인데,
설마 허기를 채우러 왔다가
지나간 기억만 헤집다 가는 것은 아니겠지.

촌부의 헛기침에도
후드득 날아가 주는 참새들.
물러섬이 고맙구나.

시곗바늘

하얀 벌판에 서서
가야 할 곳을 바라본다.

둥글게 휘어지는 길목 탓인지
끝이 어디쯤인지 보이지 않는다.

어제와 같은 길을
다시는 걷지 않겠노라
다짐하고 정신도 바짝 차려 보지만

왠지,
어제와 같은 길을
다시 걷는 기분이다.

폭설

아무도 밟지 않은
은빛 세상을 보면 가슴이 뛴다.

어디가 논이고 어디가 밭인지
분간할 수 없어 가슴이 뛴다.

이렇게 한 번쯤
세상의 모든 길을
지워버리고 싶었다.

겨울 여행

기차를 타고 버스를 타고
산을 넘고 강을 건너가면
그 유명하다는 강천산에 다다를 스 있을 거야.

기차를 타면 눈이 내렸고
버스를 타면 비가 내렸다.

병을 안고 사는 일만큼이나
궂은날의 여행도
이토록 사람을 철들게 하는 것인지
무심한 눈 날림도 아릿한 비 내림도
가슴으로 보게 된다.

거기 병풍폭포 물안개에 시름을 묻고
섬진강이 보이는 외진 카페에 앉아
따뜻한 차를 마실 때

창밖에 서 있는 나무들
창밖을 지키는 앙상한 나무들.

송별

아무리 낯선 곳도 낯선 사람도
시간이 흐르면 익숙해지고 정이 들어
헤어질 땐 아쉬움도 남겠지만

아무리 이별이 아파도
마음이 아려도
아래로, 아래로 흐르다가
훗날 바다에서 만나는 강물처럼
유유히 흘려보내라고

사람을 세상에 보낼 때는
가슴속 깊은 곳에
깊은 강 한줄기씩 넣어 둔 것이다.

함께 지내는 동안
어디 좋은 일만 있었겠는가.

나에게 장미꽃을 내밀기 위해
가시넝쿨을 잡아준 그대를 어찌 잊겠는가.

이제 지난날의 아쉬움일랑

세월 속에 묻어 두고
우리의 새로운 내일을 위하여
너는 동으로
나는 남으로. 안녕!

가장 추운 날에도

가장 추운 날에도
조용히 귀 기울여 보면
나무 안에서 목련 나무 안에서
꽃들이 노래하고 있어요.

가장 추운 날에도
가만히 바라보고 있으면
화단 안에서 얼은 화단 안에서
꽃들이 나팔 불고 있어요.

가장 추운 날에도
하나님은 일하고 계시네요.
새봄을 준비하고 계시네요.

감상평

시인 김경희

수필과 비평 편집인
소년문학 주간역임
경기신문 칼럼리스트

먼저 노홍균 시인의 첫 시집 출간을 마음껏 축하한다.
지금까지 누구의 시집이나 문집에 감상평을 써 준 일이 없었
는데 노시인이 첫 시집을 낸다며 시집에 올릴 감상평을 부탁하
길래 한 치의 망설임도 없이 승낙하였다.

노시인과 나와의 인연은 깊지단, 이곳은 독자들의 공간이기
에 인연의 말은 줄이고 문우로서 이 시집 속의 시들 중 나에게
울림을 준 몇 편의 시에 대한 감상을 통해 느낀 점을 소개하고
이 시집을 널리 추천하고자 한다.

먼저 노홍균 시인은, 시집 출간은 처음이지만 그동안 여러
동인지를 통해 신작 시를 발표해 왔고, 예술단체 극작가로도
활동해 왔던 터라 글맛이 깊다.

특히 이 시집의 제목인 〈창문〉이라는 시는 시 속에서 집짓기
와 창문을 내는 행위를 통해 '자기 안과 밖'을 동시에 염두에 두
는 존재론적, 감각적 상태를 탐색하고 있다.

"너무 크게 내면 안이 훤히 보이고/너무 작게 내면 밖이 잘
보이지 않을 것 같아"라는 구절은 계절의 꽃, 구름, 익숙하고
낯선 사람들, 비바람 등 자연과 인간이 뒤섞인 풍경을 '창'을 통
해 잘 드러내고 있다.

"한 장 일기장에 담을 만큼의 풍경이 필요해서 창문을 내고
있다." 창문이 '일기장'처럼 풍경을 담는 하나의 틀이 될 줄은
상상도 못 했는데 표현이 신선하다.
　이러한 시선은 누구나 마음 깊은 곳에 내재되어 있을 법한 마
음의 안과 밖 고요와 폭풍, 보여짐과 숨겨짐이 얽혀 있는 복합
적 감정을 이 공간에 만들어 준 것이다.
　나도 노시인과 같이 마음의 창문을 내기 위해 나만의 집짓기
를 해야겠다.

〈비의 소곡〉

이 시는 두 개의 연으로 구성되어 있는데 비가 내리는 장면과
그 이후의 잔상들을 섬세하게 그리고 있다.

1연의 "빗줄기는 엄마처럼 어린 나를 씻어 주네"라는 비유 표현은 마음의 정화와 성장, 그리고 과거의 '떠'가 벗겨지는 순간을 고백하고 있다.

"그게 아픔이지만,/내일 비 그치면 내 마음도 풀잎처럼 환해질 거야"라는 구절은 빗소리를 듣고, 유리창에 부서지는 빗방울들을 들여다보며 절망 속에서도 희망의 끈을 놓지 않으려는 시인의 마음이 엿보인다.

2연의 "비 내리면 비에 젖는 무엇이든 소리 내지 않는 것 없네" 시인은 비 내리는 날 '사물과 부딪히는 빗소리'를 통하여 저마다의 색깔과 모양에 따라 드러내는 소리들을 관찰하고 감상하고 있다는 느낌이 든다. 그 감각적 통찰이 매우 흥미롭다.

또, 비 그친 뒤의 '떠오르는 얼굴들', '작은 웅덩이', '방울' 등이 떠다니다 담기지 못하고 떠내려가는 장면이 시간의 흐름과 상실을 암시하고 있지만 결국 자연의 섭리와 처해진 환경에 순응하려는 숭고한 마음이 역설적으로 느껴진다.

전체적으로 비를 통한 정화 · 상실 · 기다림 · 희망의 이미지가 뒤섞여, 감정의 흐름이 마치 조용한 소곡(小曲)처럼 잔잔히 펼쳐지고 있는 듯하다.

〈굽어 가는 길〉

이 시의 "굽어 가는 길이 아름다운 것은 … 가려짐의 그늘에서 더 많은 사람과 언덕과 이야기를 주고받을 수 있기 때문이다."

"휘어가는 강 …/둥근 모래톱에 주인 모를 조각배 하나 걸어 놓고/한참을 기다려 주기 때문이다."

이러한 풍경은 '기다림', '주인 모름', '이야기', '계절마다 피고 지는 꽃잎의 노래' 등의 표현은 직선적 효율성보다 비직선적 흐름에서 얻는 풍요 즉 삶의 그늘과 애환을 보듬어 가려는 따뜻한 마음이 고귀하다.

〈구두〉

이 시는 좀 더 어두운 정서를 띠며, "낮은 곳의 치열한 침묵", "형언할 수 없는 굉음" 등을 언급하며 빈센트 반 고흐라는 인물을 떠올리게 한다.

구두를 직접적으로 묘사하기보다는, 구두 너머로 드리워지는 삶의 자취, 고독, 짝사랑, 아침마다 걸어 나가는 "채워진 밤의 고독" 등의 삶의 조각들이 하나의 끈으로 엮어진 듯하여 숙연해진다.

"그 숱한 날들/짝사랑하다 가야 할."이라는 결말은 미완의 감정, 지속적 기다림, 비가시적 애정을 담아내고 있다.

구조적 한계, 고단한 삶이 구두라는 물건으로 은유화된 점이 인상적이다.

〈마이너로 흐르는 밤〉

"밤의 마이너는 고된 하루를 사르르 녹게도 하고/내일의 밑그림을 또렷이 보여 주기도 한다."는 표현은 표면적으로는 음악적으로 은유한 체험이 감정과 사유를 매개하는 것으로 보이지만 음악적 은유가 곧 우리의 삶의 모습이다.

"마이너 선율이 어둠을 부르면 부를수록/거기서 피어나는 꽃잎은 더 붉고 향기로우리."라는 구절 또한 밤·어둠이 곧 생명의 조건, 감정의 심층을 열어 내는 장이라는 역설적 표현이 강렬하게 느껴진다. 밤 같은 절망은 밤에 씻어버리자.

느낀 바와 같이 노시인은 평범한 사물(창문, 구두, 비, 길, 강, 기타)들을 시적 장치로 사용하여 사물과 감정이 맞닿는 접점을 찾아 고뇌와 아픔을 따뜻한 사랑과 희망으로 승화시키려는 특별한 감성과 감각을 품고 있는 것이 분명하다는 것을 이 시집을 통해 새삼 느끼게 되었다.

부디 이 시집을 계기로 노시인의 시 세계가 더욱 확장되고 풍요로워져 행복하시기를 소망한다.

창문

© 노홍균, 2025

초판 1쇄 발행 2025년 12월 30일

지은이   노홍균
펴낸이   이기봉
편집   좋은땅 편집팀
펴낸곳   도서출판 좋은땅
주소   서울특별시 마포구 양화로12길 26 지월드빌딩 (서교동 395-7)
전화   02)374-8616~7
팩스   02)374-8614
이메일   gworldbook@naver.com
홈페이지   www.g-world.co.kr

ISBN   979-11-388-5224-1 (03810)